Im Fluss der Zeit

Syaku

Diese Welt besteht ...

... aus nichts als Blau.

Ah,
ich ...

Inhalt

Im Fluss der Zeit

Wer sind Sie?

...

Ich bin ...

... wer?

Was fragen Sie mich das?

PLATSCH

Wah!

Hier.

Al- so ...

Ich habe einen Arzt gerufen.

J... Ja ...

Du siehst dehydriert aus, also trink erst mal was.

Wie ist dein Name?

Mein Name ...

Wer bist du?

Hm ...

Ich kann mich an nichts ...

Echt jetzt? Verarschst du mich?

Nein ... Was ist hier los?

Wer bist du?

Möchtest du irgendwas?

Nein ...

Ähm ...

Warten wir erst mal, bis der Arzt da ist.

Ja ...

キョロ RATTER

Ich bin ein Wildfremder, der dich nicht kennt ...

... namens Shiro.

Da bin ich!

Ich habe Ihnen vorhin meinen Namen genannt. Wie lautet der?

Was ist Ihr Leibgericht?

...

Sie sind Herr Akabane.

Wie heißen Sie?

Das weiß ich nicht ...

Was ist das?

Ein Bleistift.

Wo sind wir hier?

Vermutlich im Haus dieses Jungen.

Bingo.

...

...

Was ist damit?

Irgend...

...ein ...

... Gerät?

Und das?

...

Er ist ein Höhlenmensch, der durch die Zeit gereist ist!

Du sollst still sein.

Doktor, so eine Reaktion hab ich schon mal gesehen.

Ja ... Sag nichts, das ist beängstigend.

Oder eine Eisenplatte ...?

Eine Tafel ...

Nein, ein Spiegel ...

Äußerliche Verletzungen hat er keine, daher wird es wohl eine psychisch bedingte retrograde Amnesie sein.

Hm ...

Es gibt verschiedene Formen von Gedächtnisstörungen.

Wie kommen Sie darauf?

Das ist ein Fernseher.

Ein Telefon ...?!

Und das ein Telefon.

Das da ...?

Lass das, das ist echt gruselig.

Und das andere Problem ...

Behandeln kann ich im Moment nur Ihre Dehydration.

Eine Gedächtnisstörung?

Dass Sie sich nicht an die Namen von Dingen erinnern ...

... kann darauf hindeuten ...

... dass möglicherweise auch Ihr semantisches Gedächtnis betroffen ist.

Könnten wir einfach so tun, als hätte ich nichts gesehen?

Das wäre mir auch am liebsten.

Also dann. Gönnen Sie sich heute Ruhe.

Und du solltest die Polizei informieren.

Ja. Danke.

Vielen Dank.

Fürs Erste, ja ...

Das reicht doch fürs Erste, oder?

Alles Weitere wird sich im Alltag herausstellen.

Ich bin ... heruntergefallen?

Nicht wirklich.

Hast du *Laputa* nicht gesehen?

Mann, wer hätte gedacht ...

... dass einfach ein junger Mann wie du vom Himmel fällt.

KNACK

Nein ...

Diese Flasche ist gar nicht ...

... aus Glas?

Ah, jetzt hab ich mich verplappert.

Das heißt, dass ich aufgeregt war.

Und was hast du jetzt vor?

Na ja ...

Was sollst du schon sagen.

Was ich vorhabe ...?

Ähm ...

Ich kümmere mich um dich, wenn du willst.

Ah ...

Ich gebe dir als Erstes einen Namen.

Ich bin doch ein Fremder ...

Lass uns essen.

He!

Warte mal! Bist du dir sicher?!

Solltest du mich im Schlaf überfallen wollen: Ich kann mich wehren, nur so als Vorwarnung.

Na ja, ich vertraue dir noch nicht ...

... aber ich will nicht, dass dir was zustößt, nur weil ich dich rausschmeiße.

Und dich einfach am Straßenrand verrecken zu lassen, gefällt mir auch nicht.

Ist ja nur vorübergehend.

...

So viel? Ist das wirklich in Ordnung?

Hab nur genommen, was gerade da war.

Guten Appetit.

Reis ...

... Miso-suppe ...

... und frisches Gemüse, Tamago-yaki* ...

... ein-gelegtes ...

Das Essen kennst du, oder?

*jap. Omelett

...

Das
stimmt,
oder?

Ja.

Guten
Appetit.

Greif
zu.

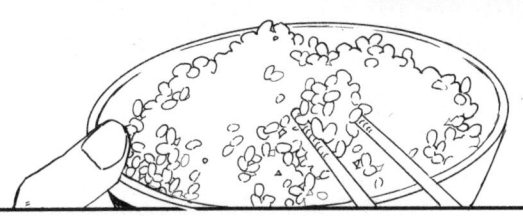

Es
schmeckt
köstlich.

Es wird eh nur als Abstellkammer benutzt.

Wirklich?

Das wird dein Zimmer.

Oh, du trägst ja schon die ganze Zeit eins von mir.

Deine Klamotten sind in der Wäsche.

Ich leihe dir ein paar Hemden, okay?

Ich lege sie in die Kommode.

Danke.

LINS

TAPP TAPP

TAPP

...

21

Natürlich.

Das ist ja tatsächlich ein Telefon ...?!

BIEP

Klar. Bis morgen.

Ja.

Entschuldige, ich kann nicht ...

Hallo?

Selbst das habe ich vergessen?

Ja ...

Belassen wir es dabei.

Bestimmt ist das alles neu für dich ...

... aber probier's aus.

Es ist praktisch.

Bist du Schüler, Shiro?

Ja.

Bin in der zehnten Klasse.

Erst mal müssen wir putzen.

Heute gab es nur die Feier zum Schulbeginn, daher hatte ich früh Schluss.

Heu-te ...

Stopp!

Was machst du dann hier?!

Zehn-te Klas-se ...

Seit heute.

Ach so ...

Ent-schuldige. Schulfreun-de sind wichtig.

Das ist echt nicht der Rede wert.

Am Nachmittag war ich mit Freunden ver-abredet, daher der Anruf eben.

Aber dann bist du vom Himmel gefallen.

Fühl dich ganz wie zu Hause.

Aber hier gibt es viele Bü-cher und den Fernseher ... erkläre ich dir später.

Jedenfalls bin ich ab morgen in der Schule und tagsüber nicht zu Hause.

Hör mal ...

Allein in diesem Haus?

Ja.

Ich bin dankbar, dass du mich hier bleiben lässt ...

... aber hat deine Familie nichts dagegen?

Mein Großvater ist ja gestorben.

Mein Onkel ist jetzt mein Vormund.

Ab und zu schaut er mal nach dem Rechten.

Nein. Ich wohne im Augenblick allein.

Shiro.

Was ...

... ist denn?

27

Ich werde dich unterstützen, wo ich kann.

Denn ich werde dir vorübergehend zur Last fallen.

Auf ein gutes Zusammenleben.

Gleichfalls.

Das Baden werde ich schon alleine schaffen.

Weißt du denn ...

... was ...

Ach ja?

... eine Dusche ist?

...

Ugh ...

Bitte folgen Sie mir!

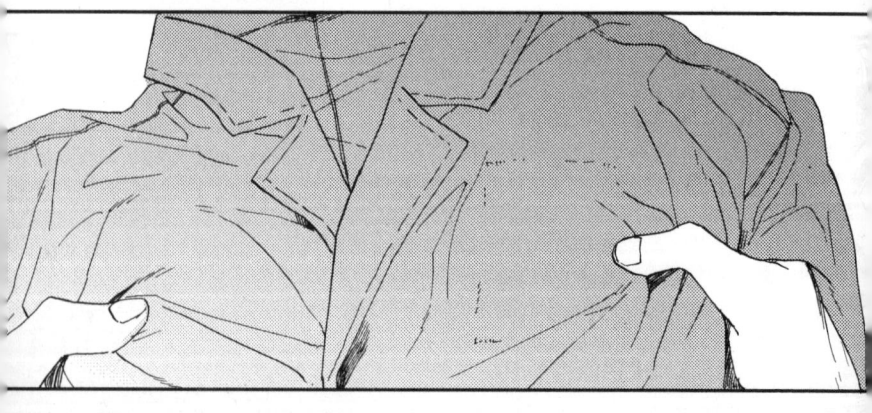

Kann ich mich nicht daran erinnern ...?

Ich
bin ...

Ich
bin ...

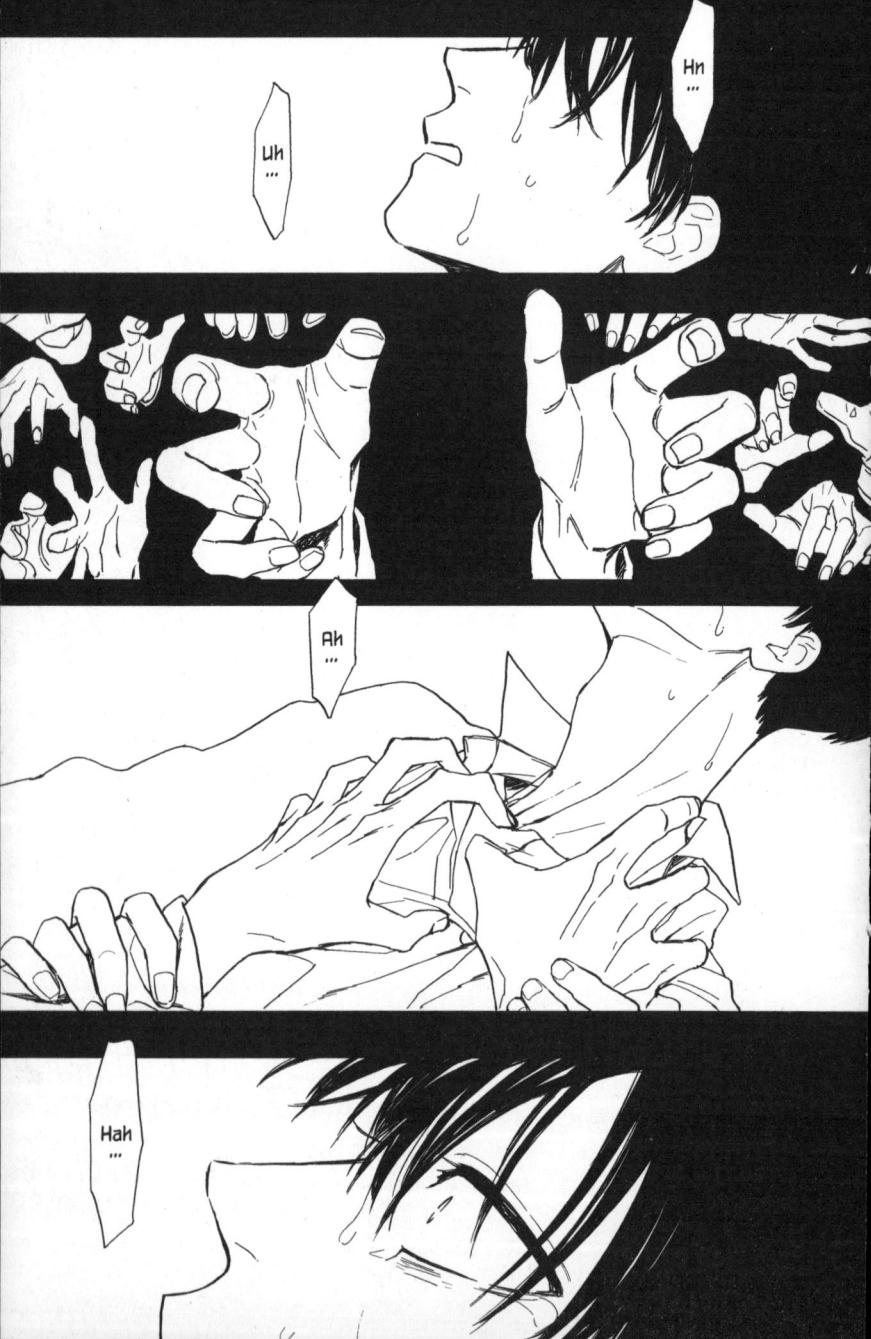

2. Kapitel

Man weiß nie, was das Leben bringt ...

Hm?

... merkwürdig.

Hmm ...

Es ist immer noch ...

Wenn du was lesen willst, gibt es hier mehr als genug Bücher.

Ich bin kein Kind ...

Erkunde ruhig das Haus.

Ich bin kein Kind mehr ...

Darum geht es nicht.

... aber geh lieber nicht alleine raus. Nachher verläufst du dich.

Du kannst machen, was du willst ...

Verstanden.

Vielen Dank für die Mahlzeit.

Hol nur bitte die Wäsche rein.

Ah.

Ich spüle die Teller ab.

Okay.

Pass auf dich auf.

Ich mache mich auf den Weg.

Das ist wirklich merkwürdig ...

KLACK

KNARR

KNARR

RATTER

Bücher ...

Unglaublich, wie viele es sind.

Was für ein Zimmer ist das ...?

Es ist ja farbig ...

Ein Foto ...?

Ich frage mich ...

... ob ich eine Familie habe.

Shiro und ... sein Großvater?

Hach ...

Turbulenzen
Hayakawa
1. Auflage 10.12.2004

発行者 諸岡 俊一
発行所 株式会社早川書房
　　　　東京都千代田区神田多町二ノ二

装　丁 名和田 耕平
レイアウト 志賀 彩子
製　本 加藤製本株式会社

So viele Bü-cher ...

Bleib ruhig ...

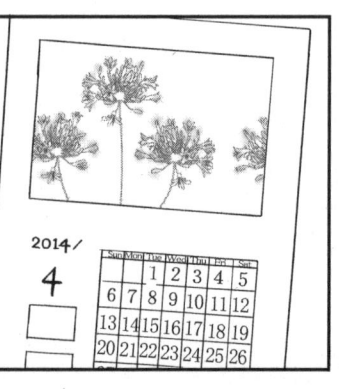

2014／

4

Sun	Mon	Tue	Wed	Thu	Fri	Sat
		1	2	3	4	5
6	7	8	9	10	11	12
13	14	15	16	17	18	19
20	21	22	23	24	25	26

Das 21. Jahrhun-dert ...

Echt jetzt?!

Ich kann eine Weile nicht.

Ah.

Vor dem Bahnhof ...

Heute hast du nichts vor, oder?

Shiro!

Anlagen der Naturwissenschaft

Sich einzugewöhnen braucht Zeit ...

Na ja, vorerst.

Bist du etwa so beschäftigt?!

Wenn erst mal die AGs losgehen, haben wir dafür keine Zeit mehr!

Du sahst halt aus, als würdest du dich darauf freuen, Shiro.

Ach Mann.

Geht's um was Schlüpfriges?

Gewöhnen?

Es geht um Sex, oder?

Das ist fies.

Nein.

46

In dieser Tafel ist irgendwas drin ...!

Und wenn ich diese Tasten drücke ... Was passiert hier?!

Hier gibt es noch gar keinen Projektor!

Shiro ...!

TAT TARAM

Was ist das hier ...?!

Wann wurden Fernsehgeräte noch gleich erfunden?

Ein Mysterium ...!

Ja.

Ja.

Ach ...

Bitte erkläre es mir! Die Funktionsweise interessiert mich brennend!

Das scheint ihm gar nichts auszumachen.

Was ist das nur für einer?

Erst mal setzen ...

Hab's ge-googelt.

Von dem Ding habe ich auch keine Ahnung!

Dann lies das hier.

Der Kühl-schrank ist fast leer, glau-be ich ...

Ja.

Kiku, was hast du zu Mit-tag gegess-en?

Oh.

Du vergisst schnell alles um dich herum.

Gehen wir zum Super-markt?

Du weißt nicht mal mehr, was du gerne isst?

Nein.

Mir ist alles recht.

Was möchtest du essen?

GUCK GUCK

Aber mein Essen hat dir geschmeckt, ja?

Ja ...

Du verläufst dich noch.

Sagt der, der sich nach allem umdreht.

Werde ich nicht!

Dir zu folgen kriege ich ja wohl hin!

Dann sieh nach vorn, wie es sich gehört!

Nimm meine Hand.

Bitte sehr.

He!

Ah ...

Da war ein Hunde-haufen.

Wah!

ZIEH

Mikro-
welle.

Gas-
herd.

Kühl-
schrank.

Reis-
kocher.

...

Hm ...

BRUUMM

SCHRECK

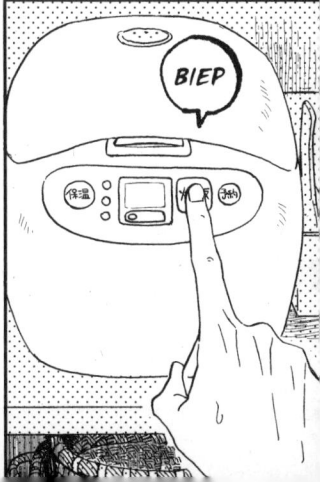

BIEP

Dabei hatte ich gehofft, es gibt was zu lachen.

He!

Du hast es einwandfrei hinbekommen, Kiku.

A... Ach ja?

Das ist ein Wun-der ...

Dass du den Haushalt schmeißt, ist mehr als genug.

Mir ist aber langweilig ...

Hör mal.

Kann ich nicht noch irgendetwas anderes tun?

Na gut, dann ...

Fel-
der ...

Pfleg
du sie.

... des-
halb woll-
te ich sie
schon auf-
geben.

Ich kann
mich nicht
allein da-
rum küm-
mern ...

Na ja, es
dauert eine
Weile, sich
mit allem
vertraut
zu ma-
chen.

Du
kannst
erst
mal ...

Werk-
zeuge
sind im
Schup-
pen.

Ah, du
brauchst
einen Hut!

Das sieht geübt aus ...

Warst du mal ein Bauer?

Oh ...

He!

Wah ...

PLOCK

Die Ernte reicht nur für den Eigenbedarf ...

... aber ich wäre dir wirklich dankbar ...

... wenn du Großvaters Felder bestellen würdest.

Also los!

Ran ans Werk!

Ja!

Das ist eine nützliche Arbeit.

Kiku!

...

Kiku.

Ja ...

Puh ....

Essen wir zu Mittag. Den Rest machen wir später.

Was ist los?

Kiku.

Ah!

ZUCK

Ich weiß.

Vergiss nicht alles um dich herum.

Es geht mir gut.

Ist dir schwindelig?

Alles okay?

Uwah?

Uwah.

WANK

Kopfrunde

Gurken

Und zum Abendessen?

Was gibt es zum Mittag?

Reisbällchen.

Bällchen aus Reis.

KNURRRR

Du bist auch geschickt, Shiro.

Zum Glück kennst du dich schon damit aus.

TSCHACK

TSCHACK

TSCHACK

Un-
geduld
führt zu
nichts.

Hah
...

TSCHACK

Was
pflanze
ich hier?

Bin wieder da.

...

Kiku ...?

Was
machst
du da?

Ah ...

Was ...

... machst
du denn
da?

Dabei war es doch mein Vorschlag ...

WANK

Entschuldige, ich habe noch kein Essen zubereitet.

Ich habe Hunger.

Lass uns gehen.

Tut mir leid.

Das hat ...

... nichts mehr mit Unkrautjäten zu tun.

Aber ...

Bitte hör auf deinen Vormund.

Mach dich erst mal sauber.

Ich mache das Abendessen.

....!

Ich bin dir eh schon keine Hilfe.

Wenn ich dir auch noch zur Last falle ...

... kann ich ...

!

Ich kenne dich nicht.

Wenn du mir nichts sagst, verstehe ich es nicht!

... nicht mehr ...

Dann sag mir, was los ist!

Okay?

Du kannst nicht schlafen?

Ich habe seltsame Träume.

Träume ...

Das ist also der Grund?

... doch ...

Das stimmt wohl ...

Du hast Angst und kannst nicht schlafen?

Das stimmt nicht!

Wobei ...

Ich bin doch jetzt dein Vormund.

Ich kann verstehen, dass dir das unangenehm ist.

Aber du musst mir so was sagen.

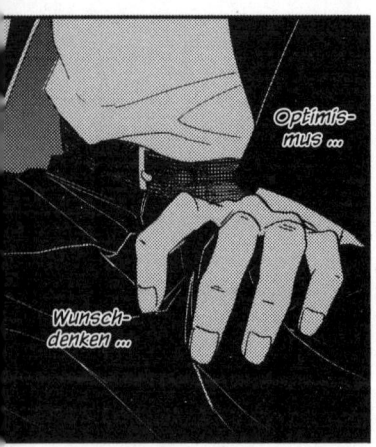

Optimismus ...

Wunschdenken ...

Tut mir leid ...

... wie ein Kind oder ein Idiot aufführen.

Ich darf mich jetzt nicht ...

Also ...

Was sind das für Alb- träume?

Ich erin- nere mich nicht.

Sie sind schlimm.

Sie hinter- lassen nichts als Unbe- hagen.

Es ist jämmer- lich ...

Es heißt doch ...

... solche Träume ver- schwinden, wenn man mit jemandem zusammen schläft.

Das glaubst du doch selbst nicht ...

Schwer zu sagen, da ja »nichts« da ist.

Aber es ist sonderbar und unangenehm.

Hm ...

Sag mal, wie ist es, sich an nichts zu erinnern?

Ich bin ja da.

Ich kann zwar höchstens versuchen, mir vorzustellen, wie es ist ...

... aber du kannst auf mich zählen.

So was sagt man nicht über sich selbst.

Ich dachte, es ist dir vielleicht nicht aufgefallen.

Schließlich bin ich gar kein übler Kerl ...

... oder?

Gute Nacht.

Gute Nacht ...

SCHWUPP

Hmpf.

PATT

PATT

Er erinnert sich an nichts, was vor diesem Moment passiert ist.

»Es ist nichts da« ...

Das heißt ...

... in
seinem
Inneren
ist im
Moment
...

Gute
Nacht
...

3. Kapitel

Im Fluss der Zeit

Puh ...

Schlaf ist wirklich wichtig, was?

...

Es geht mir viel besser.

So wird es gehen.

Ach was!

Wenn er nicht bei mir ist, kann ich nicht ...

...

Dann ...

... läuft es darauf hinaus?

Ich bin doch ein Wildfremder für ihn.

Wa-rum ...

... ist er so nett zu mir?

Er verhätschelt mich zu sehr ...!

Dass jemand für einen da ist, gibt einem das Gefühl von Sicherheit.

Es geht mir nicht nur körperlich besser.

Ich bin wirklich jämmerlich ...

Ich denke, heute koche ich Curry.

Zutritt nur für

... ist streng verboten!

Über-arbeiten ...

... wird er zweifellos so etwas sagen.

Wenn er mich so sieht ...

Ich war übereif-rig ...

DRECKIG

KLACK

KLACK

Für Curry ...

Wenn die Zeit knapp ist, geht auch Hackfleisch.

... Zwiebeln ...

... brauche ich Kartof-feln, Karot-ten ...

Anbraten, kochen und schon ist es fertig.

Das Curry neulich ...

Vermont Curry

... Fleisch ...

... und Mehl-schwitze ...

...

Ich koche Curry!

Also gut!

...

Ich habe das Hemd vergessen ...

KNARR

... werde ich mit der Mikrowelle ...

Heute kommt er früher nach Hause. Da ich keine Zeit habe ...

Sieht aus, als wärst du über ihn hergefallen.

Bin ich nicht, also pack das Bambusschwert weg!

Hn ...

Ich fühle erbärmlic bin besch

Och
...

!

Lass ihn endlich los, Onkel.

Es sieht halt verdächtig aus, wenn du auf dem Rücken eines halb nackten Mannes sitzt.

Das duftet echt gut.

Ich würde die Einladung gern annehmen, aber ich habe noch einen Termin.

KLAPPER

Isst du mit uns?

Curry vom werten Kiku, ja?

Viel Spaß bei der Arbeit.

Dan-ke!

Also dann. Kümmere dich gut ums Haus, kleiner werter Kiku.

Ich lasse das Badewasser ein.

Pass so lange aufs Curry auf.

... es mag nicht gut sein ...
... aber wenn Shiro dich hier duldet ...
... dann habe ich ihm nicht reinzureden, oder?
Kayama

Kümmere dich gut um ihn.
Es wäre beinahe angebrannt!
Was hast du denn?

Na ja, er ist ein pflichtbewusster Mensch.

Der ...?

Ach, mein Onkel?

Er lässt auch mal fünf gerade sein ...

Und dann lässt du einen nervigen Kerl hier wohnen?

... und nervt nicht.

Aber dein Curry sieht doch lecker aus.

Pfft.

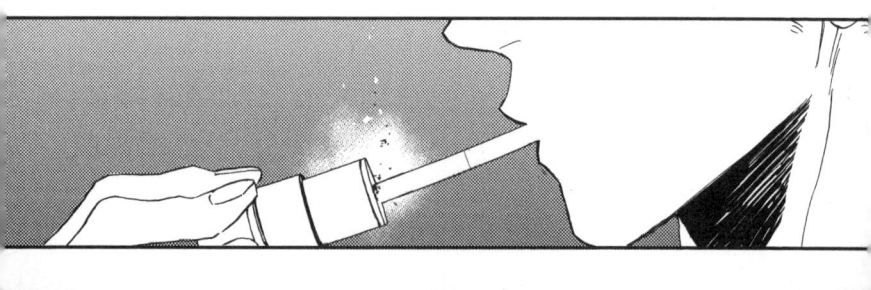

Sie kochen sogar zusammen.

Wirklich niedlich.

Jemanden wie ihn habe ich nicht bei der Totenwache gesehen.

Aber ich muss schon sagen, Shiro ist auf Draht.

Ah.

Hallo, Kayoko?

VRRR

VRRR

4. Kapitel

Nein.

Sol-
len wir
ihn mel-
den?

Dort
am Tor.

Was
ist
los?

Macht
das bitte
nicht.

Karte, für den Fall der Fälle.

Haus

Schule

Ich bin
nicht si-
cher, ob das
schlau oder
dumm von
mir war.

Es war
nicht
weit.

Bin er-
staunt,
dass du
den Weg
gefunden
hast.

Ich
hatte
ja das
hier.

Bitte.

Danke.

DOSCH

Ist das dein Bruder, Shiro?!

Du weißt doch, dass ich Einzelkind bin.

Guten Tag! Ich heiße Daiki Watanabe!

Ich bin Shiros bester Kumpel!

Ähm...

Er war mit meinem Großvater befreundet.

Er greift mir zu Hause unter die Arme.

Seid ihr Kumpels?

Kiku, was bist du für Shiro?

Ich heiße Kiku.

Guten Tag... Ähm...

Ach was?!

Oh!

Bester Kumpel...

RAUN RAUN

...? Nicht doch. Freut mich ebenfalls!

Meinetwegen ist eure Verabredung neulich ins Wasser gefallen...

Mann...

Warst du deshalb in letzter Zeit so kurz angebunden und meintest was von Eingewöhnung?

Waaaaaah!

Es geht um die Klausur.

Im Ernst?! Sag das doch gleich!

Häp?!

He, Daiki. Der Lehrer sagte vorhin er wolle dich sprechen.

liiieks!

Ist nur geflun- kert.

Könnte sein.

Ist das Kayamas Bruder?

Weg sind sie.

Ah.

GUCK—

...

Sag mal.

Ver- stehe ...

Danke.

Dein Ti- ming war perfekt.

Zum Glück kam ich noch recht- zeitig.

Bü-cher ...

Bücher?

Bitte kümmere dich gut um Shiro.

Daiki.

Dass du überhaupt darauf antwortest ...

Sicher!

Bis bald, Kiku!

Hm ...

Ich küm-
mere mich
schon um
dich!

Auf gar
keinen
Fall.

Shiro,
stell ihn
uns vor!

Ponzu

Käse-Curry-Gratin

Willst du ihn einladen, oder was?

Mag Daiki auch Curry?

Du bist wirklich gut drauf.

Jetzt ist ein Gratin draus geworden?

Weil du sagtest »schon wieder«.

Ich liebe es ja, aber ...

Magst du es nicht?

Verstehe!

Denke schon, dass er es mag.

...

Ich muss was tun ...

Curry-Gratin

Pust

Ponzu

Und deshalb ...

... kochen wir heute gemeinsam.

Hm ...

Heutiges Menü:
Lachs-Nanbanzuke*

*Gericht aus frittiertem und in Essig mariniertem Fis

Zuerst schneiden wir das Gemüse und rühren die Marinade an.

Okay ...

Sojasoße

Essig

Bitte lerne, wie man kocht. Für mich.

Ich muss nicht jeden Tag Curry essen.

Schmeck dir mein Essen nicht?

Ich geb mir Mühe ...

Ausgesät wurden sie im November.

Sind das gekaufte Zwiebeln?

Ja. Unsere sind erst im Juni erntereif.

Und ich habe ihn geerntet.

Von deinem Großvater?

Von mir.

Opa hat mir dabei über die Schulter geschaut.

Den Braunen Senf, den wir im Moment essen, habe ich auch angepflanzt.

Das Gemüse, das wir heute benutzen, können wir auch bald vom Feld ernten.

... Soba**, Kartoffeln, Frikadellen ...

Karaage*, Frühlingsrollen ...

Ich habe noch mehr.

Das sind deine Leibgerichte?

Stachelmakrele ... Hühnchen ...

Dann wirst du jede Menge für mich kochen!

*frittiertes Hähnchenfleisch
**Buchweizennudeln

... daher esse ich alles, was man mir vorsetzt.

Ich bin nicht sehr wählerisch ...

... und ...

... Curry.

Du darfst ruhig essen und tun, was immer du willst.

Ich bin nicht vergnügt ...

Ja, ja.

Mann ...

Vergnüge dich, so viel du willst.

Wenn du den Weg zurückfindest, kannst du auch spazieren gehen.

Hm.

Warum bist du, was das angeht, nur so stur?

Hng ...!

Was ist los?

Es steht unten im Regal.

Dann frittiere ich jetzt den Lachs.

Hol mir bitte das Öl.

Ja ...

Ich möchte die mir anvertraute Aufgabe gewissenhaft erfüllen.

Beides ...

Du sollst es mit der Feldarbeit doch nicht übertreiben.

Lüg nicht. Ist es die Hüfte? Der Rücken?

Es ist ... gar nichts.

Sie wohnen hier?

Die Hälfte der Woche über.

Hng ...

S...

Ich fange an.

Nei...

Ugh!

Bist du ein Kind, oder was?

Was denn? Hältst du es ohne deine Begleitung nicht aus, werter Kiku?

Ich sorge mich ...

... ob das Gemüse gut wächst ...

Mhm ...

Das sollte zumindest ...

... keine Lüge sein.

Geistige Anspannung oder so?

Shiro ...

Ugh ...

Gnh ...

Hattest du in letzter Zeit viel Stress?

Dein Körper ist ganz steif.

Hast du Sport getrieben?

Ähm ... Nein ...?

Diese Muskeln sollen von der Feldarbeit kommen?

RATE クカ …。。。

Dann schläft er auch noch ein?

Was ist nur los mit diesem Jungen?

Uh ...

uuuh ...

...!

Kiku, was hast du?

He!

Agh ...

Hm
...

Kiku.

Guten Morgen.

Oh!

Er ist aufgewacht.

Kiku.

PATSC

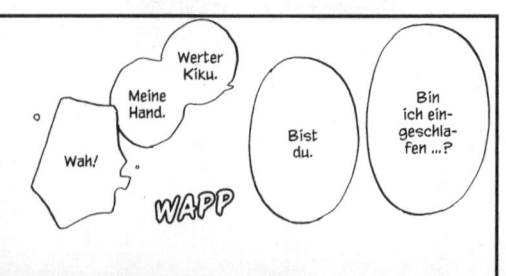

Wah!

Meine Hand.

Werter Kiku.

Bist du.

Bin ich eingeschlafen ...?

WAPP

Das gibt's bei mir nicht.

Bitte ... ... schrei- ben Sie an.

...

...

...

Grmpf!

GRINS

Immerhin kümmerst du dich um Shiro.

Nein ...

Ach, schon gut.

Und ...

Ähm ...

Im Ernst?

Dann werde ich zum Dank ...!!

Auch wenn ich nicht so geschickt bin ...! Ich mas- siere Sie!

Ist ja schon gut. Bezahl mich mit Gemüse.

Bitte warten Sie kurz!

Ich gehe welches ernten.

Was? Jetzt?

Wenn du es mit Müh und Fleiß angebaut hast.

Ist das wirklich Ordnung

BADAMM
Er hat ständig Hummeln im Hintern ...
Onkel, du isst doch gar kein Gemüse.
Ich gebe neuerdings acht auf meine Gesundheit, weißt du?
Wenn du es verkaufst, sinkt seine endlich gestiegene Meinung von dir wieder.
Von der Meinung des werten Kiku habe ich nichts.
Wobei ... Es ist schon lustig.

Das nervt ja auch.

Früher hat es mich echt genervt, mich einzu-mischen.

Aber dein Onkel ist nun mal erwachsen.

Na sicher!

Ach ja?

Du willst ausziehen?

Ja.

Du hast dich sehr um mich gekümmert.

Was redest du da?

Du kannst doch sonst nirgendwohin, oder?

Keine Sorge.

5. Kapite

*Pfannkuchen mit Bohnenmus-Füllung

Eigent-
lich ...

Aus welchem Grund klappt das nur bei mir?

Er hat es nicht geschafft, ihn zu beruhigen.

Heute mache ich Fisch.

So mach ich's!

... dem Eintopf, der noch da ist ...

... Shiitake und angebratenem Blattgemüse.

Mit einem scharfen Salat ...

KLACK

Will-
kommen
zurück.

Entschul-
dige.

Ich
gehe
zuerst
baden.

...

FALT
FALT

KLACK
KLACK

Shiro ...

TOCK
TOCK

RATTER

Wenn ich warte und ihm ist etwas passiert ...

... ist es zu spät ...

STILLE

Stimmt ja, ich bin zum ersten Mal hier ...

Schon gut.

Oh!

...

Tut mir leid.

... eigenmächtig eingetreten.

Du hast dich seltsam benommen, deshalb bin ich ...

Dabei habe ich es gefunden ...

... und Lust bekommen, es noch mal auszuprobieren.

An dem Tag habe ich Opas Zimmer geputzt.

Das ist doch ...?

Ja ...

Du erinnerst dich daran?

Und dann ...

Viel-
leicht
habe ich
dich her-
beigeru-
fen ...

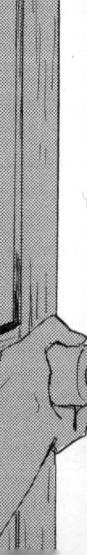

Hör mal.

Können wir in deinem Zimmer schlafen?

Ist schon merkwürdig, einen völlig Unbekannten ...

... bei sich wohnen zu lassen, was?

Egal wie hoch die Wahrscheinlichkeit dafür ist ...

... wäre es wohl besser, ich wäre nicht hier.

Vielleicht bin ich ja ein komplett durchgeknallter Gewalttäter?

Aller-
dings
habe ich
nicht vor
wegzuge-
hen.
A... Also
mach dich
auf was
gefasst!

Gib dich mit mir zu- frieden!

Kiku!

Shiro ...

Fortsetzung folgt ...

Im Fluss der Zeit

Nachwort

Da das hier eine Serie ist, weiß ich gar nicht, was ich schreiben soll!

Flugzeug, durch die Triebkraft des Gummis angetrieben.

Diesmal ist es eine Zeit-reise-Geschichte.

Vielen Dank, dass ihr *Im Fluss der Zeit* gelesen habt!

Guten Tag und guten Abend, ich bin Syaku.

Danke.

Wäsche, Putzen, Kochen.

Selbstverständlich.

Kiku übernimmt die gesamte Hausarbeit.

Ha ha!

Besitzer von zwei Geschäften.

Shigesumi ist etwa dreimal pro Woche in der Praxis, die in der Nähe des Hauses Kayama liegt. Er besitzt aber auch noch ein Geschäft in Tokyo.

Zum Glück hatte ich sie noch nicht entsorgt, was?

Arbeits-Look

Manchmal trägt er Arbeitsschuhe.

Die Hose ist etwas zu lang.

Für gewöhnlich trägt Kiku die Kleidung von Shiros Großvater.

Dann bis m nächsten Band!

Im Fluss
der Zeit

Im Fluss der Zeit

TOKYOPOP GmbH
Hamburg

TOKYOPOP
1. Auflage, 2020
Deutsche Ausgabe/German Edition
©TOKYOPOP GmbH, Hamburg 2020
Aus dem Japanischen von Diana Hesse

© 2018 Syaku. All rights reserved.
First published in Japan in 2018 by Ichijinsha Inc., Tokyo.
Publication rights for this German edition arranged through
Kodansha Ltd., Tokyo.

Redaktion: Lisa Duty
Lettering: Vibrant Publishing Studio
Herstellung: Alina Kronenberg
Druck und buchbinderische Verarbeitung:
CPI – Clausen & Bosse GmbH, Leck
Printed in Germany

Wir achten auf die Umwelt.
Dieses Produkt besteht aus FSC®-zertifizierten
und anderen kontrollierten Materialien.

ISBN 978-3-8420-5818-7

www.tokyopop.de

BLUE LUST
Hinako

Warum machen wir dieselben Fehler immer wieder?

Durch Zufall kann Hayato seinen neuen Mitschüler Soma von einem Selbstmordversuch abhalten. In der Folge entwickelt er eine Art Beschützerinstinkt gegenüber dem kontaktscheuen Jungen und hilft ihm dabei, sich sozial zu integrieren. In der Mittelschule hatte Hayato einen schwulen Freund geoutet, der somit zum Mobbingopfer wurde, was ihm noch nachhängt. Doch als Soma mehr von ihm will, sieht sich Hayato mit einer ähnlichen Situation wie damals konfrontiert ...

www.tokyopop.de

23:45
Ohana

Ohana

Bleib niemals stehen!

Iku ist verwirrt: Er kann einen Geist namens Mimori sehen, mit ihm reden und ihn sogar berühren. Etwas Trauriges und Unnahbares umgibt diesen Geist ... Iku macht es sich zur Aufgabe, die Hintergründe zu seinem Tod aufzudecken. Doch bald fragt er sich, ob Mimori ihn vielleicht verlassen wird, sobald der sich wieder an die Geschehnisse erinnert.

www.tokyopop.de

EIN FREMDER IM FRÜHLINGSWIND

Kanna Kii

Halte dein Glück fest!

Mio und Shun sind auf dem Weg in Shuns Heimat im Norden Japans. Shun möchte unbedingt seine angespannte familiäre Situation klären und wieder ein normales Verhältnis zu seinen Eltern aufbauen. Doch wie soll er ihnen nur seinen festen Freund Mio vorstellen? Werden sie ihn akzeptieren?

www.tokyopop.de

GOLDEN LOVE

hagi

Tropfen für Tropfen ...

Tajima ist am Boden zerstört: Sein Kater hat den Goldfisch seines Mitschülers Koga auf dem Gewissen und dann schüttet er auch noch versehentlich einen Eimer Wasser über ihm aus! Er macht es sich zur Aufgabe, Koga aufzuheitern, will aber nicht zugeben, dass sein dicker Kater an der Misere schuld ist! Je näher sich die beiden kommen, desto klarer wird, dass Koga mehr bedrückt als sein toter Goldfisch ...

www.tokyopop.de

KÖSTLICH VERLIEBT!

Tomo Kurahashi

Für den kleinen Boys-Love-Hunger zwischendurch!

In einer kalten Winternacht stolpert Koch Hiroto buchstäblich über einen jungen Mann namens Haru, der auf der Straße liegt, weil er aus seiner Wohnung geschmissen wurde. Da Hiroto in einer Männer-WG wohnt und noch ein Zimmer frei ist, wird Haru kurzerhand dort einquartiert. Und während Hiroto ihn mit seinen Kochkünsten verwöhnt, findet Haru auch den Koch der Speisen zum Anbeißen ...

www.tokyopop.de

AFTER SCHOOL DATES
Kazumi Ohya

VIP vs. Normalo

Itsuki und Seiya besuchen eine hoch angesehene Akademie und leiten zwei Fachbereiche, die so sehr miteinander verfeindet sind, dass regelmäßig Ärger auf dem Stundenplan steht. Während der eine Schulzweig von reichen Erben und Promi-Söhnen besucht wird, tummeln sich in dem anderen ganz einfache Schüler. Nach Unterrichtsschluss jedoch denken Itsuki und Seiya an etwas ganz anderes als Streit: Die beiden sind heimlich ein Liebespaar!

www.tokyopop.de

EIN SPIEL NAMENS LIEBE
Chise Ogawa

**Ein witzig-süßer Manga von *Caste Heaven*-Zeichnerin
Chise Ogawa!**

Udou ist überfordert: Seine Exfreundin will ihn einfach nicht
in Ruhe lassen. Sein Mitschüler Miki bekommt das ganze Dra-
ma unfreiwillig mit. Anstatt die beiden allein zu lassen, drängt
er sich mitten ins Geschehen und fragt Udou, ob er nicht mit
ihm gehen wolle! Plötzlich hat Udou einen festen, männlichen
Freund!

www.tokyopop.de

HOW I FEEL ABOUT YOU
Chise Ogawa

Meine Gedanken drehen sich nur um dich

Neben dem hübschen Fukamachi fühlt sich Maki wie das Vor-
zeigemodell eines Durchschnittsjungen. Doch ausgerechnet
dieser Schönling hat sich in Maki verguckt und bringt seinen
tristen Alltag ganz schön durcheinander. Mit seinem aufmerk-
samen Blick und seinen liebevollen Worten gelingt es Fukamachi, dass Maki ihm langsam sein Herz öffnet ... Vereint in einem Kurzgeschichtenband präsentiert *Caste Heaven*-Mangaka
Chise Ogawa ihre ersten Boys-Love-Geschichten – witzig, sexy
und wunderbar leicht erzählt!

THE VAMPIRE'S PREJUDICE
Misao Higuchi / Ayumi Kano

Vampirischer Blutdurst!

Der pflichtbewusste Highschool-Schüler Minato hat Geldsorgen. Da seine Mutter im Krankenhaus ist und sein Bruder sich um die Geschwister kümmert, hat Minato es sich zur Aufgabe gemacht, Geld zu beschaffen. Ein Inserat für eine Haushälterstelle mit einem unglaublich hohen Gehalt kommt da wie gerufen. Doch schon das Bewerbungsgespräch mit Hina, einem augenscheinlich kleinen Jungen, erscheint unseriös. Als Minato den Hausherren kennenlernt, wird es noch skurriler: Henri Tepes ist ein uralter Vampir und fällt plötzlich über ihn her!

www.tokyopop.de

THE VAMPIRE'S ATTRACTION

Misao Higuchi / Ayumi Kano

The Vampire's Attraction

1

Text: Misao Higuchi
Zeichnungen: Ayumi Kano

Vampirisches Verlangen!

Minato ist auf der Highschool und arbeitet nebenher als Haushäl-
ter im Schloss von Henri Tepes. Der mysteriöse und dominante
Hausherr ist nicht nur Minatos Freund und extrem eifersüchtig, er
ist auch noch ein Vampir! Damit er ihn vor anderen Vampir-Clans
beschützen kann, will Henri, dass sich Minato vollständig an ihn
bindet. Doch Henris Besitzansprüche und Minatos normales Leben kommen sich dabei immer wieder in die Quere ...

www.tokyopop.de

CRIMSON SPELL

Ayano Yamane

Ein Fantasy-Epos um den Fluch des magischen Schwerts ...

Prinz Valdrigue wurde vom Fluch des magischen Schwertes Yug Verund getroffen, das seit Generationen in der Königsfamilie weitergegeben wird. Daher beschließt er, sein Reich zu verlassen und nach einem Weg zu suchen, sein Schicksal zu ändern. Er begibt sich zum Hexenmeister Halvir, der sich bereit erklärt, ihm zu helfen. Noch in derselben Nacht findet Halvir heraus, dass Vald sich im Schlaf in eine schöne Bestie voller sexueller Begierde verwandelt ...

www.tokyopop.de

TEN COUNT
Rihito Takarai

Überwinde deine Furcht vor dem Leben!

Shirotani ist psychisch krank. Seine größte Angst ist es, sich mit Bakterien anzustecken. Mehrmaliges Händewaschen und Handschuhe schützen ihn vor dem Schlimmsten, so glaubt er. Als eines Tages sein Chef einen Unfall hat und Shirotani aus Ekel nicht helfen kann, will er sich verändern. Er lernt den Psychologen Kurose kennen und baut zu ihm ein Vertrauensverhältnis auf, das plötzlich zu zerbrechen droht ...

www.tokyopop.de

STOPP!

**Dies ist die letzte Seite des Buches!
Du willst dir doch nicht den Spaß verderben
und das Ende zuerst lesen, oder?**

Um die Geschichte unverfälscht und original-
getreu mitverfolgen zu können, musst du es
wie die Japaner machen und von rechts nach
links lesen. Deshalb schnell das Buch um-
drehen und loslegen!

So geht's:

Wenn dies das erste Mal sein
sollte, dass du einen Manga
in den Händen hältst, kann dir
die Grafik helfen, dich zurecht-
zufinden: Fang einfach oben
rechts an zu lesen und arbeite
dich nach unten links vor.
Viel Spaß dabei wünscht dir
TOKYOPOP®!

GANZ VERSCHIEDEN GLEICH
Nozomu Hiiragi

Es kann nur einen Sieger geben!

Die Alphatiere Ozaki und Tsuburaya arbeiten in den Zwillingstürmen eines Großkonzerns. Sie können sich vor Liebesgeständnissen kaum retten, denn jede Frau verfällt ihnen. Allein durch seinen erotischen Blick lässt Ozaki seine Verehrerinnen verrückt werden. Doch am Ende landen die beiden Männer im Bett: Wer wird hier die Oberhand behalten und wer wird unterliegen?

www.tokyopop.de

DEINE KÜSSE LÜGEN

Waka Sagami

Wer lügt, der stiehlt!

Eines Morgens stößt Wachi auf dem Weg zur Arbeit mit einem Fremden in der Bahn zusammen und ist gar nicht erfreut über diesen unschönen Start in den Tag. Als er abends mit einem Kollegen in eine Bar geht, trifft er den rüpelhaften Fremden wieder: Er ist Barkeeper und heißt Makio. Um sich zu entschuldigen, gibt Makio einen Drink aus ... Worauf hat er es wohl abgesehen: auf Wachis Geld oder sein Herz?

www.tokyopop.de